GERONIMO STILTON

謝利連摩·史提頓

菲
(謝利連摩的妹妹)

U0108397

老鼠記者 85

超級廚王爭霸賽
LA GARA DEI SUPERCUOCHI

作　　者：Geronimo Stilton　謝利連摩‧史提頓
譯　　者：陸辛耘
責任編輯：胡頌茵
中文版封面設計：陳雅琳
中文版美術設計：羅益珠
出　　版：新雅文化事業有限公司
　　　　　香港英皇道499號北角工業大廈18樓
　　　　　電話：(852) 2138 7998
　　　　　傳真：(852) 2597 4003
　　　　　網址：http://www.sunya.com.hk
　　　　　電郵：marketing@sunya.com.hk
發　　行：香港聯合書刊物流有限公司
　　　　　香港新界大埔汀麗路36號中華商務印刷大廈3字樓
　　　　　電話：(852) 2150 2100　　傳真：(852) 2407 3062
　　　　　電郵：info@suplogistics.com.hk
印　　刷：C & C Offset Printing Co., Ltd.
　　　　　香港新界大埔汀麗路36號
版　　次：二〇一七年六月初版
　　　　　二〇一九年四月第四次印刷

http://www.geronimostilton.com
Based on an original idea by Elisabetta Dami.
Art Director: Iacopo Bruno
Cover by Roberto Ronchi and Christian Aliprandi
Graphic Designer: Lara Dal Maso / theWorldofDOT (Adapted by Sun Ya Publications (HK) Ltd.)
Illustrations of initial and end auxiliary pages: Roberto Ronchi, Ennio Bufi MAD5, Studio Parlapà and Andrea Cavallini |
Map: Andrea Da Rold and Andrea Cavallini
Story illustrations: Danilo Barozzi, Carolina Livio and Christian Aliprandi
Artistic Coordination: Roberta Bianchi
Artistic Assistant: Lara Martinelli
Graphics: Chiara Cebraro

ISBN: 978-962-08-6827-6
© 2012, 2016-Edizioni Piemme S.p.A. Palazzo Mondadori, Via Mondadori, 1- 20090 Segrate, Italy
International Rights © Atlantyca S.p.A. Italy
Traditional Chinese Edition ©2017 Sun Ya Publications (HK) Ltd.
18/F, North Point Industrial Building, 499 King's Road, Hong Kong
Published and printed in Hong Kong.

老鼠記者 Geronimo Stilton

超級廚王爭霸賽

謝利連摩・史提頓
Geronimo Stilton

新雅文化事業有限公司
www.sunya.com.hk

目錄

砰砰砰……砰！！！ 9

生雞蛋（連同蛋殼！）做的奶昔 16

歡迎來到鮮軟乳酪崖！ 26

油炸牛油味蝸牛餡餅蘸生蠔汁 34

蜘蛛網、洋蔥味還有……陳年污漬！ 44

謝利連摩・史提頓是隻大臭鼠！ 50

賴皮烹調的菜餚 58

小姐，請拿開你的髒爪！ 64

七名廚師！七名！ 70

呃……可是……那麼……誰知道……   78

啊呀呀，我的膝蓋碎了！   84

不同凡響……不，是匠心獨運的菜式！   92

來吧，「史提頓超級薄餅」！   100

快去吧！一定要贏啊！為了我我我我！   108

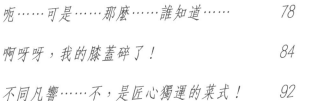

賴皮 · 史提頓

謝利連摩的表弟

格拉迪娜 · 話嘮鼠

烹飪名著《鬍鬚菜譜》的作者

瓜蒂耶洛 · 德 · 吃貨鼠

聲名顯赫的美食家

托皮婭鼠姨

有機農莊的主人

砰砰砰……砰！！！

這天早晨，天色剛**曚曚亮**，黎明的霞光為天空抹上了一層淡紅色，看起來好像是**草莓味**的梳乎厘。

清晨的陽光灑在屋頂上，温暖的空氣滲透着**芳香**，真是像極了新鮮出爐的可口蛋糕！

砰砰砰…… 砰！！！

　　我正在自己暖烘烘的被窩裏**酣睡**，惬意地打着呼嚕，簡直和那些冬眠中的**睡鼠**沒有兩樣……

　　啊呀呀……我怎麽總是忘了介紹自己呢！我叫*謝利連摩·史提頓*，經營着老鼠島上最有名的報紙——《鼠民公報》。

　　話說回來，此刻的我正做着**美夢**。我夢見了自己最愛吃的甜品：香草味的瑪斯卡波乳酪夾心泡芙。可是，突然，一陣可怕的聲響把我從睡夢中驚醒，那聲音（*到底是什麽啊？我的天！*）是這樣的：

砰砰砰……

砰！！！

　　我被那聲響嚇得從牀上跳起來，尖叫道：「咕吱吱！發生什麽事啊？」

砰砰砰⋯⋯　　　　　　　　　砰！！！

　　我打開窗戶，把腦袋探了出去，可誰知，我被一抹又濕又軟又臭的東西迎面擊中了。

啪噠！！

　　我把那堆散發着臭味的東西（到底是什麼啊？我的天！）一口吐了出來，大聲叫道：

　　「嗚呀！！！」

　　這時，我才聽見一把熟悉的聲音高聲嚷着說：「表哥！我們關係最好了，對不對？？？」

直到這時我才明白過來。

那也許是⋯⋯

不對，應該就是⋯⋯

不對，百分之百是⋯⋯

我的表弟，賴皮・史提頓！！！

賴皮聲嘶力竭地叫道：「你到底喜不喜歡？」

我一頭霧水，不禁**結巴**起來：「喜、喜歡什、什麼東西啊？我聽不懂你在說什麼！」

可還沒等我合上嘴巴，他又朝我射來一顆**臭烘烘的丸子**，它不偏不倚地正好打進了我的嘴巴裏（怎麼能這樣準）！我定睛一看，這才發現他身後有一部機器，上面有很多隻勺子在不停地轉動着，仿如一部小型發球機器。

我直犯噁心，一邊把丸子吐了出來，一邊大聲尖叫道：「不╱╱╱我一點兒也不喜歡！這到底是什麼鬼玩意兒？」

他得意洋洋地回答說：「油炸糖漿大——蒜——丸！」

接着，賴皮馬上又連珠炮發地跟我說：

14

砰砰砰……　　 ·· · · 　砰！！！

「你為什麼不喜歡？到底是哪裏不好？是太甜、還是太鹹？還是太辣？還是太淡？還是太濃？還是太軟，還是……」

　　我不耐煩地向他吼道：「我就是不喜歡，沒有理由！」

　　他從外衣口袋裏掏出一本 筆 記 簿，一臉嚴肅地寫着：「受害者……啊不，試味員……啊不，助手説：他就是不喜歡，沒有理由！」隨後，他合上那簿子，沖着我叫道：「謝利連摩，但這樣可不行，你得説得更具體一點，更完整一點，你得説明更多的細節……要不然，你讓我怎麼去改進這些菜式的味道呢？」

助手説……

15

生雞蛋（連同蛋殼！）做的奶昔

賴皮一個箭步**衝進**一輛白色的雙層露營車：車子就停在我家窗戶底下，散發出一陣陣炒菜的**油煙味**。只是一眨眼的功夫，他就從車頂鑽了出來，並藉着車頂上的跳彈機關，從窗戶跳進了我家。我被他的行動嚇得**目瞪口呆**，結巴着說：「什麼……露營車……窗戶……」可還沒等我說完，他就把一塊蛋糕塞進了我的嘴巴裏，說：「**櫻桃醬**洋蔥蛋糕。（還加了油炸蝸牛增加香味！）」

咕吱吱，真是要命啊！這根本就是一股腐爛垃圾的臭味！

我直犯噁心，一口吐了出來，可賴皮又

讓我喝下了一杯 爛糊 。我一下就嘗到：這是生雞蛋（*連同蛋殼！*）做的奶昔啊！咕吱吱，真是要命啊！明明就是一股臭雞蛋的味道！我把爛糊也吐了出來，而賴皮則一個勁地搖起頭來，說：「啫喱，你得更**合作**一點，明白嗎？要不然，我們怎麼能贏下『**頂級鼠廚**』，也就是超級廚王爭霸賽的冠軍呢？」

呸！

這是生雞蛋
（連同蛋殼！）
做的奶昔啊！

這樣可完全
不行……

櫻桃醬
油炸蝸牛
洋蔥蛋糕

生雞蛋（連同 蛋殼！）做的奶昔

說完，他便彈了彈我的一隻耳朵！

這時我才恍然大悟！我突然想起，幾天前，《鼠民公報》報道過一則**消息**。「你是說⋯⋯那個**超級廚王爭霸賽**？就是從明天起在鮮軟乳酪崖舉行的比賽？老鼠島上所有廚藝高手都會參加的那個比賽？」

賴皮又彈了彈我的鼻子。

「沒錯，我的笨蛋表哥！你知道誰會成為冠軍嗎？嗯？你知不知道？？？廚王當然就是⋯⋯我啦！不過，有件小事⋯⋯」

他又彈了彈我的另一隻耳朵。

「簡單地說就是：我需要一個**受害者**，啊不對，是試味員，啊不對，其實就是一個助

鮮軟乳酪崖是牛肉火腿卷大區的首府。這是一座廣受鼠民喜愛的小城，因為盛產整座老鼠島上最美味的食物而聞名。

手，而這個助手，就是你！」

我不禁激動地**尖叫**起來：「可是我不行，我肯定不行！在辦公室裏，還有一大堆的事等着我去做啊！你還是**另請高明**吧！」

只見賴皮朝我伸出手爪來指罵我，尖聲說：「你真是個不折不扣的**自私鬼**！」

可是，他卻沒有好好看清楚，他的手爪一把直戳在我的眼睛裏。

我痛得哇哇直叫：「哇呀呀呀呀！」

賴皮仍舊不依不饒，自顧自地說着：「在來這裏問你之前，我問過菲，可是她要陪麗萍姑媽去參加織毛衣課程；我問過**瑪麗娜塔·海鮮鼠**，她也不行，因為她正等着接收一批從海路運來的青口貝類；我又問過我的朋友**炸糕鼠·索拉佐**，他也不行，因為他生病了；我還問過我的朋友**斯密雷·異味鼠**，他也不行，因為這幾天他的金魚要過生日；

我不行……

我不行……

炸糕鼠·索拉佐

我不行……

瑪麗娜塔·海鮮鼠

斯密雷·異味鼠

我問過地下酒館的**翁托・油膩鼠**，連他也不行，因為一個月前我們吵架了（*當然是他不對！*）。我甚至還問了我的朋友尼卡拿・豬皮，還有沙爾莎・香腸鼠，可是他們統統都不行，因為……我都記不清了。哎呀，反正就是不行！所以，現在我才來問你……你可是我表哥！你說，我們到底是不是一**家鼠**？」

說到這裏，他突然跪了下來，說：「我可喜歡你了，表哥！你也希望我好吧？你就陪

我不行……

尼卡拿・豬皮

我不行……

翁托・油膩鼠

我不行……

沙爾莎・香腸鼠

我去嘛！要不然，你就乾脆承認：你連這個家的一根鬍鬚都不在乎；你只關心你自己的事；對你來説，就只有**工作**最重要；就算有天我消失不見了，你也……」

他突然**嚎啕大哭**起來，抽泣着説道：「為了買下這輛設備先進的**超級露營車**作為廚房，我可是連內褲都當掉了呀！」

我聽得直搖頭，説：「可究竟是誰讓你這麼做的呢？」

他支支吾吾説道：「反正我都已經做了嘛……**哎呀，你到底愛不愛我嘛？**」

什麼？！

嗚嗚！！你到底愛不愛我嘛？

我不禁**歎了口氣**（我的心很軟，不對，是太軟了）：「呃，表弟，如果你真的這麼在意，那麼……我應該……可以……唉，好吧，我可以**陪**你去……」

他頓時破涕為笑，忘形地歡呼起來：「哇呀，哈哈哈，誰會贏得比賽……當然是賴皮！」

他興高采烈地把我拉上了他的超級露營車——一輛專為職業**廚師**準備的露營車。

看見眼前的景象，我不禁瞪大了一雙眼睛：這裏可真是應有盡有啊！食品櫃裏堆滿了各式各樣的食材，廚房裏設置了極其先進的設備和用具，還有一個書架，上面擺放着一本本厚厚的食譜，這些**食譜**的作者全都是著名的頂級廚師……還有很多其他的東西，數也數不過來！

賴皮的
超級露營車

1. 卧室、浴室以及掛滿廚師服裝的衣帽間。
2. 專業廚房，設有大冰箱、冷凍櫃、各類電器設備、廚房用具和食材都一應俱全！
3. 純銀打造的餐具，用於重要場合。
4. 手工水晶玻璃杯
5. 賴皮的大型收藏箱。（誰知道裏面裝了什麼？）
6. 古老的食譜藏書。
7. 密室（只有賴皮持有鑰匙）！
8. 娛樂室，設有電視機、遊戲機和電腦。
9. 健身室，用來鍛煉身體。

歡迎來到鮮軟乳酪崖！

賴皮坐上了駕駛座後，隨即發動引擎上檔，露營車就如火箭似的飛馳起來，發出了**轟隆隆的噪音**。很快，他就開始哼起了歌：「美味肉卷由我來做做做……廚王爭霸由我來贏贏贏……頂級鼠廚由我來當當當……電視節目由我來上上上！」

在前往鮮軟乳酪崖的路上，賴皮眉飛色舞，吱吱喳喳，吵得快把我的耳朵給震聾了。

「放心吧，表哥，這次比賽我志在必得，我一定會贏得『金叉子』的！你知道是為什麼嗎？因為只有我才是最出色的呀！我可是仔細研究過比賽章程的……**你聽好了……**」

比賽章程
「頂級鼠廚」
超級廚王爭霸賽

　　此為一年一度的廚藝大賽，比賽的舉辦地點為美食家蔥蒜伯爵的古老城堡，地址：牛肉火腿卷大區鮮軟乳酪堡消化不良街33號。

　　老鼠島上的所有鼠民均可參加此項大賽。大賽將連續進行七天，前六天為淘汰賽，到了第六天晚上，將會選出七名優秀的參賽者成為最後七強，進入到第七天的最後決戰。

　　大賽勝出者將被授予「金叉子」的頭銜，並可保留一年，直到翌年的大賽舉行。除此之外，他將會獲得「年度廚王」的羊皮紙榮譽獎狀，並可參加電視節目「頂級鼠廚」的錄製，從而成為老鼠島上家喻戶曉的廚界明星，就讓我們拭目以待吧！！！

我全神貫注地聽着⋯⋯我以一千塊莫澤雷勒乳酪的名義發誓，「頂級鼠廚」——這個**超級廚王爭霸賽**，居然要連續進行七天，整整七天！什麼什麼什麼！可憐的我！

這不就意味着，我得被迫做上七天，整整七天的**受害者**⋯⋯啊不對，試味員，啊不對，是助手！

這同時也意味着，我得連續**七天**，**整整七天**都要吞下賴皮製作的黑暗料理！

光是想想，我就覺得胃裏已經泛起了陣陣的噁心！或者，難不成是因為我暈車？總之，我的臉色已經發青：簡直比一頭**綠**蜥蜴還要**綠**！謝天謝地，就在這時，我看見一塊路牌，上面寫着：

歡迎來到
鮮軟乳酪崖

老鼠島地圖

海盜島

黑豹羣島

快樂島環礁

公貓島

貓爪灣

海豚灣

臭味港

耗子港

迷路貓港

老鼠港

賴皮的超級
露營車

妙鼠城

鮮軟乳酪崖

福港

黑福燈塔

蒜蔥伯爵的城堡

拔毛島

牛肉火腿
卷大區

沒錯，我們已經到達了鮮軟乳酪崖，也就是**奇特的**牛肉火腿卷大區的……**奇特**首府！牛肉火腿卷大區在老鼠島上遠近馳名，因為這裏盛產美食，整個島上最好吃的食物都來自這個大區。這裏有最美味的**乳酪**，最香甜的水果，最別出心裁的菜式。至於鮮軟乳酪崖的居民嘛，當然是整座老鼠島上最**貪吃**的啦！

　　我不禁四下張望：城裏到處是**古色古香**的建築，而街道的名稱光是聽着就讓鼠垂涎欲滴，比如：洋葱蛋餅巷、醋漬章魚街、千層麵湖……

　　這裏四處有很多**路牌**上都標示了前往美食博物館和熟乳酪博物館的方向……

　　哇啊，這裏到底有多少家**餐廳**，多少家酒館、多少家薄餅店、烤肉店，冰淇淋店，還有甜品店鋪……

在大街的盡頭，我終於看見了當地**報紙**的辦公大樓：《**饞民公報**》。這份報紙的特別之處就在於它只刊登菜譜、美食大賽的報道，還有刊登很多餐廳的食評！

城內的大街小巷早已被遊客、記者和廚師擠得**水泄不通**。他們從四面八方趕到鮮軟乳酪崖，就是為了能**親眼目睹**這場年度盛事！

反正勝利者一定是我！

哇啊，到底有多少廚師參加呀！

真是大開眼界！

很快，賴皮把車子駛向城郊，這條路一直通向一座**山丘**，在一些陡峭的**山崖**之間，矗立著蔥蒜伯爵的城堡……

在那條通往城堡的小路上，掛起了一條巨大的橫幅，上面寫著：

「頂級鼠廚」超級廚王爭霸賽

沒錯！那座城堡，正是超級廚王爭霸賽的舉辦地點！在城堡的入口前，擠滿了很多很多廚師魚貫地排隊等待進入會場……

這將會是一場精彩又激烈的比賽！

太期待了！

一年只有一次，還等什麼！

油炸牛油味蝸牛餡餅蘸生蠔汁

　　我們從**露營車**上走了下來，賴皮特地帶上了他那個神秘的大型收藏箱，箱子上面寫着：「**拿開你的髒手爪！**」

　　裏面到底裝了什麼東西呀？真是天知道！可我還沒來得及問他，他就已經搶先**推擁**着擠進了隊伍……

我倒要看看，究竟有誰能抵抗我的美味梳乎厘！

嘿喲，嘿喲！

排隊的時候，我不禁抬起頭 **仰望**這座城堡。只見高高的窗戶隱約發出微弱的光線……而 **城堡**的塔樓，看起來是那樣陰森恐怖，真是讓我渾身哆嗦起來！

　　我突然想起了當地的一個傳說。傳說，葱蒜伯爵（*在300年前死於消化不良*）的**鬼魂**直到今天仍在世上停留，**晚 上**他會在城堡裏遊蕩，發出淒涼的哀號……

我是最出色的廚師！

我會贏的！

太刺激了！

在**城堡**前，聚集了很多記者爭先恐後地採訪着，其中一個記者認出了我，説：

「哇！你是*謝利連摩・史提頓*？」

沒等我回答，他又繼續問道：「你來這個城堡是為了採訪比賽，給『**頂級鼠廚**』撰寫一篇專題報道嗎？」

我不得不承認：「是的，我是謝利連摩・史提……」

可我還沒把話説完，就被賴皮不知用什麼東西**堵住**了我的嘴巴！原來，那是一塊油炸牛油味的蝸牛餡餅，還蘸了生蠔汁！他一邊把它塞進我的口裏，一邊命令我，説：「別給我

你是史提頓！

啊呀！

咔嚓！

偷懶啊！」

　　隨後，他彈了彈我的一隻耳朵，尖聲說：「所以呢？你覺得這個食譜怎麼樣？如果以10分做滿分……」

　　我一口吐了出來，說：「咳咳，簡直太**難吃**了！只能打3.5分，多0.1分都不可能！」

　　可是，賴皮非但沒有洩氣，還一股腦兒地往我的嘴巴裏接連塞上一些食物：

1 **噴！** 一根加了甘草汁的醋浸酸豆黑巧克力卷……

2 **噴！噴！** 一大塊以苦橙汁浸泡過的山羊乳酪……

3 **噴！噴！噴！** 一大勺紅洋葱蛋黄醬燴飯。

賴皮滿懷希望地彈了彈我的一隻耳朵，問道：「怎麼樣？這些能打幾分？7分？8分？9分……還是10分？？？」

我不禁尖叫：「最多4分！4分已經是很客氣了！」

他又彈了彈我的尾巴，並歎了口氣，聳着肩說道：「看來我得再多做些試驗，然後再讓你嘗嘗其他的菜式和小菜。你滿意嗎？我說，你好歹也對我表達一下感激之情嘛！」

哪怕只是想想，我都覺得渾身難受！呃吐！我甚至還有了逃跑的念頭！可這時，參賽者的隊伍已經把我們推到城堡的前廳。在大廳裏，設置了有很多櫃台為眾多的參賽者辦理登記手續，我們排到了3號櫃台。只見一名極不耐煩的大會工作人員向賴皮問道：「名字？地址？有沒有烹飪經驗？？」

賴皮當然不會放過這個自我吹噓的機會：「我叫賴皮‧史提頓……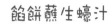最出色的廚師，我的意思是，我經驗豐富，絕對精通烹調各種的食材！跟你說，站在你面前的這位，絕對會是這次大賽的**獲勝者**，而且……」

大會工作人員叫了一聲：「煩死了，所有鼠都是這麼說。如果你真是最出色的，那我們就走着瞧好了。快在這裏簽名……」

他把一個廚師帽形狀的**證件**別在賴皮的衣服上，上面寫着：「117號參賽廚師」。

而我回答了一些提問後，同樣獲發了一張證件，上面寫着：「117號參賽廚師助手」，可是，賴皮卻要自行用筆在我的證件上把「助手」兩個字劃掉。他先是用**「受害者」**來取代，接着思考了片刻，又把這三個字劃了，直

到最後才寫上「**試味員**」。

就在這時，喇叭裏發出了廣播：「各位參賽廚師和助手請注意！這天 **晚** **上** 你們會在指定的房間就寢。**大賽**將於明早九時正在城堡的大廚房裏準時開始。」

我無奈地**歎了口氣**，然後領取鑰匙，走向即將和賴皮同住的房間。走廊漆黑一片，**陰陰森森**，牆上的火把還不時映出詭異的光芒。

咕吱吱，真是嚇死鼠了！

誰知道蔥蒜伯爵的**鬼魂**今天晚上會不會現身？**咕吱吱，不要啊啊啊！真是嚇死鼠了！**

　　可我突然發現，賴皮看來迫不及待要到房間去。真是**奇怪**！

　　只見他拖着那個帶有滑輪的紅色收藏箱，在走廊裏小跑起來。**太奇怪了！**

　　他居然沒把東西丟給我來拿！這還是破天荒的頭一趟呢！**真是太太太奇怪了！**

蜘蛛網、洋葱味還有……
陳年污漬！

在我們的房間裏，擺放着兩張四柱牀，牀頭上面有兩個大型金色的廚師帽裝飾，帽子上覆蓋着**貨真價實的陳年蜘蛛網**（它們在那裏應該至少存有300年，或者更久）！壁爐上陳列着各式各樣的廚房大賽紀念品；在其中的一面牆上，掛着一幅葱蒜伯爵的大型肖像畫，散發出**貨真價實的陳年洋葱味**（比一具木乃伊屍體還要臭，簡直就是木乃伊洋葱）！牀單、窗簾、桌布，還有牀罩上，全都是食物的污漬……**絕對是貨真價實的陳年污漬！**

（瞧瞧那些又舊又硬的污漬，我敢肯定，這團蒼蠅至少在那裏居住了3,600代！）

我四下張望，不禁**憂心忡忡**。誰知道這間房間以前是不是……葱蒜伯爵的卧室？**咕吱吱，不要啊啊啊！真是嚇死鼠了！**

　　賴皮卻一副不以為然的樣子，他更**一個箭步**衝進房間，在他牀前拉開了一道屏風，然後把他的紅色收藏箱拉到屏風後面。**奇怪！**

　　這時，我聽見有什麼**東西**從屏風後滾了出來。於是，我彎下腰，想要撿起它給賴皮。原來，那是一個電源插頭……

　　　　　真奇怪！

電源插頭？

我把插頭遞給賴皮，這時我看見他似乎正在屏風後讀着一本 使用說明 。

　　我剛瞥見封面上有一個「速」字，他就馬上挪了挪屏風。這下我什麼也看不到了。**奇怪！**

　　我向他道歉：「對不起，我不是故意要偷看的。」

　　賴皮咕噥道：「表哥，你放心，我可不會把你當成 偷窺狂 ！可是下不為例，明白了嗎？我的烹飪秘訣，可不能隨便洩露的！」

啊呀！我不是故意要偷看的⋯⋯

接着，我就聽見了一聲「咔嗒」，很快，又傳來了一陣奇怪的滋滋聲，而這個聲音，一整個晚上都沒有停過。

　　幾分鐘後，賴皮已經鼾聲如雷：

呼呼呼呼呼呼呼呼！

呼呼呼呼呼呼呼呼！

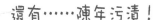

一陣 滋滋滋滋 的噪音從屏風後傳來，夾雜着賴皮的震天鼾聲。就這樣，我一整個 **晚** **上** 都沒法合上眼睛。

第二天早晨，當鬧鈴把所有廚師（還有他們的受害者，啊不對，是試味員或是助手……反正就是我）從睡夢中喚醒時，**我的黑眼圈就跟熊貓一樣！**

謝利連摩・史提頓是隻大臭鼠！

　　這天早上，所有參賽者離開了各自的房間，前往比賽場地。（但只有賴皮的身邊多了一個受害者，啊不對，試味員，啊不對，是助手……反正就是我！）廚師們就像羊羣一般聚集在一起，然後朝着一個方向移動。大家來到一間非常寬敞的房間，房間的牆身由磚塊砌成，上面掛着不少古老的黃銅鍋子。啊！原來，這裏就是城堡的大廚房呀！

　　就在這時，大會主席朝我們走了過來。只見他神情肅穆地舉起一把長柄勺，重重敲在一個大銅鍋上，宣布：「『頂級鼠廚』超級廚王爭霸賽正式開始！」鏜！！！

　　只是一眨眼的功夫，所有廚師就在各自

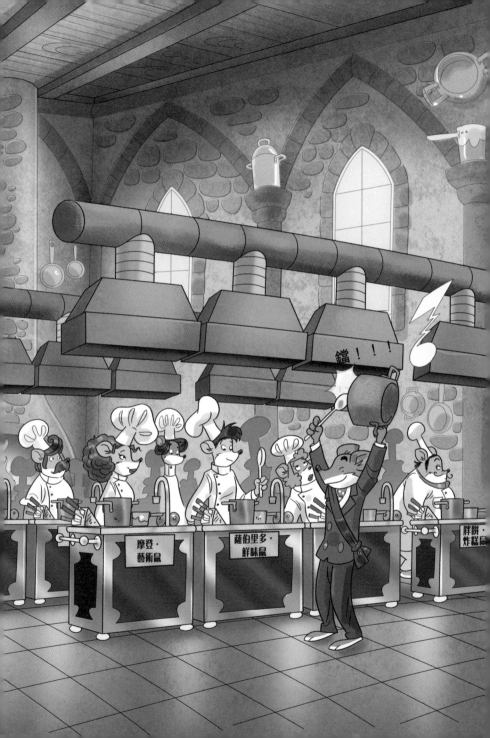

的廚房工作台前各就各位，迅速忙活了起來。

　　只有賴皮從他的大箱子底下翻出一道屏風，遮擋在自己的工作台前，還命令我說：「你！助手……啊不對，**受害者**……哎呀，就是試味員……你到前面去，好好給我看着，確保沒有其他鼠監視我。我的食譜可是要**絕對保密的**，明白了嗎？」

你好好給我看着，明白了嗎？

哼……

哼……

托帕斯特里斯·醜嘴鼠

杜爾斯·甜心鼠

隨後，賴皮就一下躲到紅色收藏箱後，然後用 屏風 完全把自己的工作台遮起來了。

　　其他廚師紛紛發出抗議：

　　「 111號參賽廚師 作弊！」

　　很快，就有一名大會工作員趕了過來。只見他推着一輛手推車，車上放着一本非常厚重的大書，封面上寫着：「超級廚王爭霸賽規則明細」。他大聲說道：「這個嘛……讓我來仔細瞧瞧！」

　　他仔細查閱了所有他能想到的 相關 章節 。最後，伴隨着一下清脆的「噗通」聲，他合上大書，得出了結論：「大會沒有一條規定不允許參

這個嘛……讓我來仔細瞧瞧！

賽者在工作台前安置屏風！」

聽罷，賴皮不禁從屏風後探出腦袋，一邊對其他參賽者做鬼臉，一邊哼唱着：「布丁一樣的破腦袋呀，還有鮮軟乳酪一樣的腦袋瓜！」

我頓時窘得漲紅了臉——比紅辣椒還要紅！我難為情地嘀咕道：「呃，真不好意思，我表弟，他是因為比賽的壓力才會這麼緊張的……」

可其他廚師呢，居然紛紛把臭雞蛋和蔬菜朝我砸了過來！為了躲避大家的投擲，我只好把自己藏進垃圾箱裏……

呼呼呼……

直到比賽結束，我才鼓起勇氣重新現身。可這時，我渾身變得臭氣熏天，簡直和大熱天裏的下水溝沒有兩樣。

採訪攝影師們見狀就對着我舉機一陣狂拍，而我呢，也再一次窘得漲紅了臉——比成熟的番茄還要紅！我已經能夠想像，第二天的各大報紙上，將會出現什麼樣的標題：

「**謝利連摩是隻大臭鼠！**」

這時，賴皮大吼了一聲：「別怕！交給我！」

→ 他一把將我**拉**到屏風後，

----→ 把我**塞**進一個大鍋子。

~→ 他往我身上**澆**了一瓶礦泉水，

～→ 用一塊抹布將我**擦乾**，

====→ 又用一把叉子替我**梳理**，

‥‥→ 在我的鬍子上**塗抹**橄欖油，接着把我打扮成服務生的樣子，最後把我推出了屏風。

「快去上菜，要保持風度，明白了嗎？我們一定要贏！」

只要和賴皮扯上關係……
我總能嘗盡各種苦難！

❶

啊呀呀！
不要！

❶ 當賴皮嘲笑其他廚師的時候，他們卻把臭雞蛋和蔬菜砸到我身上！

❷ 我不知道該怎麼辦才好，為了躲避，我只好把自己藏進垃圾箱。天啊！真是臭死了！

❷

嘔！

❸ 等我從垃圾箱裏鑽出來的時候，已經臭得和大熱天裏的下水溝一樣了。攝影師們還對着我舉機一陣狂拍！

❸

你是史提頓？！

可憐的我！

真是臭死啦！

4 賴皮立刻為我清理，他把我塞進了一個大鍋子，用礦泉水澆在我身上給我洗刷……

交給我！

5 你要幹什麼？

再來一下……

6 最後，他把我打扮成服務生的樣子，對我說：「快去上菜，要保持風度，明白了嗎？我們一定要贏！」

啊！

5 隨後他用一塊抹布把我擦乾，還用一把叉子為我梳理鬍鬚……

賴皮烹調的菜餚

直到這時，我才看見表弟究竟燒了些什麼菜，看着看着我居然情不自禁地舔起了鬍鬚……

吱咕吱咕吱咕咕！

哈，原來賴皮是會燒菜的呢！

那之前他為什麼要讓我品嘗所有那些**噁心的**菜餚呢？

真是太奇怪了！

可我沒法仔細思考，因為表弟彈了彈我的尾巴，焦急地吼道：「能不能快點啊，謝利連摩！評審團正等着呢！誰知道

上菜啦！

他們會怎麼評價……你可千萬別給我**出醜**，尤其是你要儘量表現出服務生該有的表情！」

我試着表現出服務生該有的表情（可天知道究竟什麼才是**服務生該有的表情**呀？！），並把餐巾擱到了左手臂上。

隨後，我**跟跟蹌蹌**地走了起來，我那抹上了橄欖油而變得光亮的鬍鬚也在亂顫個不停，因為這壓力實在太大了……

壓力太大了，太大了，太大了！

我試着同時托起所有的盤子，努力不讓自己~~摔倒~~或是打翻盤子裏的食物（我以一千塊莫澤雷勒乳酪的名義發誓，這真是太難了啊！）。唉，好不容易，我終於把賴皮做的菜餚端到幾位評審委員的面前……

只見他們一動不動，一言不發，並上下打量着我……

第一位評委是著名的圖特蘭・餃子鼠，他是老鼠島上最權威的麵食專家。

第二位評委是**戈弗雷多・歎氣鼠**，老鼠島上最有名的美食評論家。每當他嘗完一道菜，就會說：「**唉！**還行吧，不過需要再加上一點鹽……」或者：「**唉！**還行吧，不過

對他的味蕾來說，無論是千層麵還是細掛麵，無論是雲吞還是餃子，他都能分辨出食物中的任何味道。

圖特蘭・餃子鼠

他的身型肥胖得像個大圓球，這位食評家是所有大廚的噩夢，因為沒有一樣食物能讓他滿意！

戈弗雷多・歎氣鼠

需要少放點牛油……」又或者：「**唉！**還行吧，不過需要再煮一會兒……」

　　第三位評委是格拉迪娜·話嘮鼠小姐。她是烹飪名著《鬍鬚菜譜》的作者。當然，她還是一個鼠見鼠怕的話嘮！第四位評委是瓜蒂耶洛·德·吃貨鼠，一隻瘦削的

烹飪名著《鬍鬚菜譜》的作者……能說會道，一刻不停！

格拉迪娜·話嘮鼠

聲名顯赫的美食家，味覺細膩，目光敏銳。

瓜蒂耶洛·德·吃貨鼠

老鼠，八字鬍上總是抹了油，風度翩翩，身穿燕尾服，頭戴禮帽，手爪上還戴着一枚金戒指，上面刻有吃貨鼠古老家族的徽章。

四位評審靜靜地品嘗着所有參賽者的菜餚，一道接着一道。每品嘗完一道，他們就會舉起手中的牌子，打出0到10之間的一個分數。可到目前為止，還沒有一個參賽者的分數能夠超過6分！

我以一千塊莫澤雷勒乳酪的名義發誓，這幾個評委真是太嚴厲了！終於輪到我們啦！只見餃子鼠逐一品嘗賴皮烹製的菜餚，隨後尖叫道：「美味絕倫！我給8分！」

戈弗雷多·歎氣鼠呢，還是和往常一樣：「唉！還行吧，不過需要再加上一點鹽……但是，我給8分！」

格拉迪娜小姐從她的手袋裏拿出一本書翻

了起來，隨後嘰嘰喳喳地說道：「這位廚師嚴格按照了我發表的菜譜著作中第33頁上的步驟……我給8分！而且他的鬍子漂亮極了，讓我想起我姪子的叔叔的表哥的……」

如果不被打斷，恐怕她能**不停**地說上至少一個小時，幸好瓜蒂耶洛‧德‧吃貨鼠捂住了她的嘴巴，高聲說道：「我給8分！」

大會主席宣布：「第一輪淘汰賽的獲勝者是……117號參賽廚師：賴皮‧史提頓！讓我們向他表示祝賀！」

只見我的表弟已經興奮地跳起了森巴舞，高唱着：「無論在熱帶的雨林林林……還是在嚴寒的極地地地……**我都是第一一一**……」

我是第一！！

小姐，請拿開你的髒爪！

很快，賴皮就停止歡呼，這時格拉迪娜·話嘮鼠馬上走到了屏風前湊看。她仔細擦亮了閃閃發光的水晶眼鏡，把一隻手爪伸去屏風上，想要將它移開，嘰嘰喳喳地說着：「現在你已經贏了，快快告訴我屏風後面的箱子裏到底藏了什⋯⋯」

可賴皮的速度比她快得多，只見他狠狠地以擀麵杖敲了敲格拉迪娜小姐的手爪，並大叫：「**小姐，請拿開你的髒爪！**每個廚師都

拿開你的髒爪！

哎呀！

有他的秘密配方，不客氣地說，我也有**我的秘密**……」

　　接著，賴皮快如閃電「咔嗒」一聲鎖上箱子，還把鑰匙掛到自己的脖子上。這樣，別的鼠就休想再趁他不注意時把箱子打開。**真是奇怪！**

　　我本來想問他為什麼要這樣神秘，可表弟根本沒給我時間。他一把將我推進了廚房：「親愛的**受害者**……啊不對，是**試味員**，哎呀，就是**助手**，你可別想著跟我要什麼花招！告訴你，我都已經燒完了菜，這下是不是該輪到你洗碗了！」

我已經燒完了菜，現在該輪到你洗碗了！

什什麼？

我就這樣被他強迫着去**清洗**堆積如山的碗碟：這堆高高疊起了的碗碟，就像珠穆朗鼠峯一樣高，而且弄得十分油膩，好像**臭水溝裏的老鼠皮**。

　　真是累死我啦！

　　當我把那座**碟子山**全部清洗完的時候，天都快黑了……

　　幸好接下來已經沒有其他的**比賽**。我以為可以好好休息一下，誰知這時，賴皮卻扯起我的一隻耳朵，把我一直拖到了城堡外面的**超級露營車**裏，嚷嚷着要為第二天的比賽熱身！

　　他又一股腦兒給我灌下了很多噁心的黑暗料理，說：「快嘗嘗這個，表哥，啊不對，**試味員**，啊不對，是助手！」

　　咕吱吱！可憐的我！

就在我咽下那些**噁心的黑暗料理**時，心裏不禁覺得奇怪：「呃……為什麼賴皮在比賽的時候可以燒出那麼多的美味佳餚，可每次讓我品嘗的，卻總是些噁心的黑暗料理呢？」

我思考了片刻，覺得賴皮可能就是想**折磨我**，捉弄我。沒錯！這樣費盡心思地策劃各種惡作劇，這不就是他最大的愛好嘛！

謝天謝地，他終於肯放我走了！我不得不吞下一大顆

強力消化片，靠你了！

強力消化片：它的藥力有多強？嘿嘿，連一頭猛瑪象都能被它殲滅！

隨後，我便躺上了牀。你們可以想像，對我來說，這是多麼難熬的一個夜晚啊！

我在牀上輾轉反側了好幾個小時。這都怪賴皮強迫我咽下那些噁心的黑暗料理！它們彷彿在我胃裏紮了根似的，不上也不下！

當我好不容易睡着時，偏偏又夢見了葱蒜伯爵：他肚子痛得直哼哼，那陣陣哀號，簡直令鼠毛骨悚然！

不要啊啊啊！嚇死鼠了！

七名廚師！七名！

在接下來的幾天裏，在城堡大廚房裏舉行的賽事進行得如火如荼。

星期一是開胃菜比賽……

星期二是麵食比賽……

星期三是烤肉比賽……

星期四是魚料理比賽……

星期五是乳酪比賽……

到了**星期六**，則是甜品比賽……

萬歲！

賴皮·史提頓

薩伯里多·鮮味鼠

摩登·藝術鼠

這六場賽事都是淘汰賽。於是，到了星期六的晚上，所有**慘遭淘汰**的廚師都灰溜溜地離開了城堡。

啊，當然不是所有……

因為還有七名留了下來。

最出色的七名。

七名廚師！七名……

可是到最後，就只會剩下一名。

最厲害的那一名。

他（她）就是年度廚王！

從第一輪比賽中脫穎而出的 七名廚師

1. 胖餅・炸糕鼠

自稱「老鼠島上最『大』的廚師」。當然啦！因為他的塊頭最大嘛！他的專長是甜品。

2. 摩登・藝術鼠

也叫「精緻鼠」，擅長高級法式大餐。

3. 巧手・斯普里茨

綽號「全能廚師」，精通各國美食。

4.瓦尼坦齊·吹噓鼠

別名「廚界新星」，因為他總愛吹噓自己的菜餚。他總說自己沒有特別擅長的東西，因為無論做什麼菜式，他都是最強的！

5.斯克菲納·鮋鱸鼠

綽號「魚料理女主廚」，因為她的魚料理堪稱一絕。

6. 布布魯咯·咯茲

也叫「雞蛋魔術師」，因為他最在行的就是蛋料理啦！

7. 賴皮·史提頓

被記者們稱為「屏風廚師」，身邊總陪着他的助理兼試味員——謝利連摩·史提頓。他最擅長的是……呃，目前仍未知道！

只有他會得到「金叉子」！只有他會上電視，參加「**頂級鼠廚**」的錄影！他會成為老鼠島上家喻戶曉的廚界明星！

當 ~~被淘汰~~ 的參賽者們垂頭喪氣地離開時，賴皮不禁在一旁幸災樂禍，自鳴得意地嘲笑他們：「你們這些外行、**一文不值**的笨廚，嘿嘿，再見啦！快滾回你們的老家去！快走！快走！」

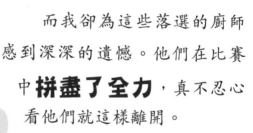

嘿嘿！

而我卻為這些落選的廚師感到深深的遺憾。他們在比賽中**拼盡了全力**，真不忍心看他們就這樣離開。

這天**晚上**，所有晉級的廚師很早就回到了各自的房間。

他們有的正在温習第二天的 良譜；有的正在把自己的鍋具擦得亮堂堂；有的則打算好好休息，養精蓄銳，準備以**精神爽利、體力充沛**的狀態迎接決賽。

第二天就超級廚王爭霸**最後決戰**的日子。每一位參賽者都必須拿出看家本領，讓評審團相信自己是在候選者當中最出色的那一個，是**年度廚王**！

這些成功躋身決賽的廚師們想必都會感到忐忑不安吧。於是，我主動給他們每一位沖泡了一杯安神的**洋甘菊花茶**：不謙虛地說，我可是泡花茶的專家呀！

當時，唯獨賴皮氣定神閒。他又是吹口哨，又是哼着曲，看起來心情好得很：

咕吱！

「**呀吼吼，呀哈哈**，誰會贏得廚王之名……當然是賴皮！」

天知道，他究竟是哪裏來的自信呀？

當我給他端上洋甘菊花茶的時候，他居然還譏笑我，說：「我看你還是自己喝了吧，**大笨蛋！**我才不需要喝上它呢！我可是平靜得很，不對，應該說是心如止水！你知道是為什麼嗎？因為我相信自己**必勝！**」

接着，他就從屏風後拖出了那個超級收藏箱。只是片刻的功夫，我又聽到了之前的那種滋滋聲響：**滋滋滋滋！滋滋滋滋滋！**

而賴皮呢，又開始像往常一樣打起了呼嚕：**呼呼呼呼呼呼呼呼！呼呼呼呼呼呼呼呼！**

儘管喝了洋甘菊花茶，我還是沒有睡意，於是我看了一會兒書：面對第二天的比賽，我也不禁緊張了起來！可我還是百思不得其解，

我的表弟為什麼會這麼**胸有成竹**，篤定自己能奪冠呢？

這天晚上，對我來說可謂雪上加霜，一場**可怕的**暴風雨突然來臨，窗外可見一陣陣電閃雷鳴！更恐怖的是，整座城堡的燈光忽地全部熄滅了！

呃……可是……那麼……
誰知道……

直到過了很久，很久，我才終於**入睡**。那時，暴風雨已經停息，四周又重新安靜了下來：既聽不見嗡嗡的噪音，也沒有了賴皮的**鼾聲**。

第二天早上，我睡意正濃，誰知卻突然被表弟的**手機**鈴聲從夢中驚醒。他不小心按下了電話的揚聲器，所以通話的內容，我聽得一清二楚。

梳乎厘的味道如何？

原來，那是麗萍姑媽打來的：「寶貝，你和你朋友的聚會進行得怎麼樣了？**喜歡**我做的那些菜嗎？高更佐拉乳酪**梳乎厘**的味道如何？乳酪千層麵呢？還有麵包片

蛋黃乳酪酥，夠香軟嗎？巴瑪臣乳酪焗茄子呢，乳酪有**溶化成絲**了嗎？乳清鮮酪乾呢，忌廉夠多嗎？還有夾心泡芙？烤肉卷？提拉米蘇？還有其他的……」

我以一千塊莫澤雷勒乳酪的名義發誓，我簡直不能相信自己的耳朵！因為麗萍姑媽說的**那些菜式**，正正就是賴皮用來贏得一周比賽的菜餚！可如果是這樣……

只見賴皮奸笑着回答道：「謝謝麗萍姑媽！所有的菜式都**無敵美味**！我的朋友們個個狼吞虎嚥，一點兒都沒剩下！你真是老鼠島上**最出色的廚師**！再見！」

謝謝！所有的菜都無敵美味！

呃……可是……那麼……誰知道……

賴皮是不是作弊了？

可是……他究竟是怎麼做到的呢？

呃⋯⋯可是⋯⋯　　那麼⋯⋯誰知道⋯⋯

嗯⋯⋯

　　賴皮請麗萍姑媽預先做好了所有的菜，可是⋯⋯他究竟是怎樣保存的呢？嗯⋯⋯

煮好了！

　　啊呀，真是的！我怎麼一早沒想到呢！他一定是把食物藏在那個大箱子裏啊！那個箱子內可不是什麼秘密的工具箱，它一定是一個⋯⋯便攜式冷凍櫃！

　　難怪賴皮要一直躲在屏風後頭！麗萍姑媽所做的菜一定就是藏在那個冷凍櫃裏急凍着！他只要把菜從裏頭拿出來就好，這當然不能被別的鼠看見啦！

　　現在我明白了！我們到達的那天晚上，我所看見的插頭就是冷凍櫃的電源插頭啊！

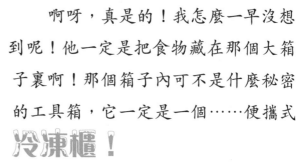

啊！啊！啊！

而每天晚上我聽到的嗡嗡聲原來就是**冷凍櫃**的電機運行聲啊！

我終於明白為什麼賴皮給我**品嘗**的盡是些噁心的黑暗料理，卻能在這個比賽中出線了：因為在比賽的時候，他去**解凍**了麗萍姑媽做的菜餚，而他強迫我吞下的那些，才是他**真正的**烹飪實驗品（也就是**真正的**噁心黑暗料理，我敢以老鼠的名義發誓！）

這一刻，我什麼都明白了。

我以一千塊莫澤雷勒乳酪的名義發誓！

我的表弟賴皮在比賽中**作弊**了！

我頓時氣得**火冒三丈**，接着馬上從牀上跳下，一把將屏風推倒，大聲罵着：「賴皮！你別想抵賴！你居然耍花招**作弊**！快承認吧，表弟！我什麼都知道了！**你真不害臊！**」

　　可賴皮卻一點羞愧的意思也沒有。

　　「不客氣地説，**笨蛋**表哥，我就是一個天才！憑我的聰明才智，比賽本來就該我贏！」

　　説罷，他便打開了那個紅色收藏箱（*其實就是便攜式冷凍櫃*），高聲宣示：「我就是要用它來贏得比賽，成為**年度廚王**！你好好看看，大笨蛋，可有你好吃驚的呢！你聞聞！這是多麼誘鼠的香氣⋯⋯」

　　我不禁**睜大雙眼**，只見從那個箱子裏流出了一灘黏糊糊的青綠色液體！

我還嗅了嗅鼻子……什麼誘鼠的香氣呀！

從箱子裏散發出的，明明是一股**惡臭**啊！

那是發臭的雞蛋、發霉的乳酪和長了蟲的高更佐拉乳酪的味道！**呃吐！**因為昨晚的暴風雨使整座城堡的電力供應中斷了，**冷凍櫃**也因此停止了工作。這下，冷凍櫃裏面的所有食品已經全部發臭了……

我以一千塊發了霉的莫澤雷勒乳酪的名義發誓，還沒等我們反應過來，**一大團的蒼蠅**就把我們團團圍住了！

不要啊！！

83

啊呀呀，我的膝蓋碎了！

　　這個意想不到的場面，讓賴皮立時臉色大變，變得面如死灰：「咕吱吱！不好啦！要倒霉啦！這下完蛋啦！！！」

　　他一邊撲向冷凍櫃，一邊高呼：「我以一千塊莫澤雷勒乳酪的名義發誓！」

　　可是他一腳踩在青綠色的液體上（就是從冷凍櫃中流出來的），在空中

1

哎呀呀！！！

2

救命啊啊啊！！！

連續轉了兩個後空翻，拼命喊道：「救命啊！！！」

他重重地摔落在地板上，猛然撞到一個膝蓋！

砰啪！

接着，伴隨一陣尖叫與哀號：「啊呀呀呀！我的髖骨好像裂了，我的膝蓋好像碎了，我的腳爪好像斷了！總之，我是倒大霉了！」

說完，他就暈了過去。

啊呀呀呀！

我要暈了⋯⋯

3

4

我急忙上前**搶救**，並給城堡裏的醫生打了電話。

　　醫生檢查過後說我表弟的髖骨真的裂了，膝蓋真的碎了，腳爪真的斷了。總之，需要馬上把他送去醫院治理。

　　當賴皮被救護員以**擔架**抬出城堡的時候，其他廚師紛紛給傷者**讓路**。

　　有些好心的**參賽廚師**都在祝願他早日康復；另一些呢，則幸災

你還好嗎？

祝你早日康復！

真可憐呀

樂禍了起來：

「好極了，好極了，好極了……」

「萬歲！又少了一個競爭對手啦！」

「嘿嘿！這下我的**勝算**又多了一分！」

「這麼說，他是要退出比賽了嗎？」

賴皮一聽到這句說話，差點沒從擔架上蹦起來：「不！我決不退賽！現在我就任命大笨蛋，啊不對，是**受害者**……啊不對，是我的**試味員**，啊不對，是我的**助手**，哎呀，反正就是他，替補我參賽！」

他要退出比賽了嗎？

好極了，好極了，好極了！

現場有很多廚師聽到都紛紛抗議説：「這怎麼行！這不算數！參賽廚師明明是賴皮，只有他可以完成比賽！我們也為他受傷而感到遺憾，可他要是現在離開，就會被**取消資格！**」

只見大會主席拼命翻閱起《超級廚王爭霸賽規則明細》，隨後，他莊嚴地宣布：「各位參賽者，你們看，第737條規則列明：如參賽者由於各種原因不能**完成**比賽，可以指定其助手替補參賽。」

當時的我只想拒絕。

我已經受夠了這一切：什麼試味員，什麼廚師，什麼菜譜，尤其是，我受夠了我的表弟和他**作弊**的行為！

可賴皮卻哇哇大哭了起來：「你……你……居然在我最需要你的時候**拋棄**我！我

的膝蓋都碎了，已經躺在擔架上了，而你呢，只想着自己回家！我真是看錯了你，表哥！我從來都不知道，你竟是這樣**自私**！我心愛的表哥居然見死不救！我簡直不能相信！」

　　我不服氣地說道：「可我都已經幫了你一個星期了！我做你的**試味員**，做你的**助手**，尤其是，唉，還甘願做你的**受害者**！

「現在我只想回家！為了清洗所有那些碗碟，我的手爪已經變得粗糙不堪；為了吞下所有那些你讓我品嘗的**噁心黑暗料理**，我的胃已經被弄得天翻地覆。再說，我還拖欠了一大堆的工作，而且⋯⋯」

可就在這時，賴皮居然在我的領帶上擤起了鼻涕，使勁地抽泣着。在場的鼠廚紛紛把目光射向我，一邊搖頭，一邊喃喃說道：

「怎麼會有這樣沒心沒肺的老鼠！」

在這個局面下，我還有什麼辦法，只好妥協，說：「好吧，賴皮，我可以頂替你！但是，我會循規規矩矩地參加比賽，決不作弊，你明白了嗎？」

他馬上把自己的廚師帽戴到我頭上，嘟嘟囔囔地說道：「給我拿去吧⋯⋯你想怎麼做都

可以，我只要你贏，明白了嗎？我要當**年度廚王**！你一定要給我好好努力，千萬不能給我丟臉，這可關係到我們家族的榮譽啊！」

　　我以一千塊莫澤雷勒乳酪的名義發誓，這壓力真是太大了！

　　我到底能不能勝任呀？

不同凡響……不，
是匠心獨運的菜式！

　　就這樣，我當上了這個比賽的參賽廚師。**當務之急**，是先確定菜單。

　　我該做些什麼來應付這天晚上的最後決戰呢？要**簡單**，但也要有**特色**；要傳統，但也要有創新；要開胃可口，但也必須輕盈健康……總之，要不同凡響，不，**是匠心獨運的菜式！**可是，**唉**，我什麼也想不出啊。

一張……不同凡響的菜單！

我的廚藝最多只能算普通。我喜歡做些好吃的**小菜**，和我的朋友們一起分享。可最多也就這樣了。

總之，我只是一個**普普通通**的廚師，沒有一點兒出眾的地方……總之，我根本不是什麼**超級廚王**！我怎麼可能贏得「**頂級鼠廚**」的比賽嘛？

可就在這時，我突然想到了一個主意！

我要做的東西，簡單，輕盈，可最重要的是：**地道正宗**！這個東西我可以獨力完成，只憑藉我自己的力量，不向任何鼠求助，哪怕是小小的建議也不行……

我要贏得比賽，可是……我決不會**作弊**！

我決定要做「**史提頓超級薄餅**」：這可是我最愛的菜式，平日我常常會做這道菜給**朋友們**吃……

我的「頂級鼠廚」參賽菜式

主菜：
獨一無二的史提頓超級薄餅！

甜品：
不同凡響的什錦水果杯，佐以香甜濃郁的香草忌廉！

材料清單：

薄餅材料：
高筋麵粉　250 克
天然酵母　5 克
莫澤雷勒水牛乳酪　2 塊
番茄　3 個
羅勒葉　數片
甜椒　1 棵
翠玉瓜　1 根
牛至香草　適量

水果杯材料：
大量時令新鮮水果
雞蛋　4 隻
白糖　100克
麵粉　50克
牛奶　500毫升
香草莢　1 根
檸檬　1個

我脫下廚師服，抓起材料清單，大步大步地**邁向**鮮軟乳酪崖的村子購買食材。那個地方有**很多很多**的食品商店。只要到了那裏，我就一定就能找到烹製「史提頓超級薄餅」所需要的全部食材。

可當我走到村子時，不由大吃一驚。

整個村子**冷冷清清**。

街道**空空蕩蕩**。

商店**閉門謝客**。

門窗關得**嚴嚴實實**。

為什麼會這樣？

啊！我恍然大悟！

今天可是星期天啊！

所有的**商店**，全部的**商店**，當然都關門歇業了！

咕吱吱！我怎麼會這樣倒霉！

這下可好！讓我上哪兒去**買**食材呀？

我**灰心喪氣**地朝着**城堡**的方向返回，鬍鬚低垂，雙腿無力。

我向表弟保證過，要全力以赴贏得比賽，我不想**讓他失望**！

可就在這時，我突然發現一個**農莊**出現在自己的眼前。

我剛才曾經路過那裏，可當時我根本沒有注意到它。

這下可好！我該怎麼辦呀？

鮮軟乳酪崖村

不同凡響……不，是匠心獨運的菜式！

在農莊入口的圍欄前，插着一個小木牌，上面寫着：

托皮婭鼠姨農莊
地道正宗！

有機農作物！
新鮮美味！
特價出售！

圍欄旁站着一位**胖乎乎**的鼠大媽，她兩頰緋紅，滿臉笑容。她身穿一條碎花圍裙，戴了一頂草帽。

　　只見她握着耙子，正**直勾勾**地盯着我看，還笑着問我：「有麻煩了？小麻煩？大麻煩？一堆麻煩？」

　　「呃……你好……嗯……事實上，我確實遇到了麻煩，小麻煩，大麻煩，一大堆的麻煩！」

哎呀！

有麻煩了？

　　誰知她居然一把抓起我的臉頰，還使勁捏了一下，差點沒把我的**毛皮**給拔下來！

　　隨後，她說：「這事情包在我身上，我一

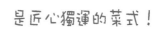

定可以解決你的問題，帥氣的鼠小哥！你知道嗎，你的鬍鬚真是漂亮極了！」

我一邊揉了揉臉頰，一邊咕噥道：「呃……好心的女士，我不知道你是否能幫到我。我需要這些食材來完成我的『史提頓超級薄餅』和不同凡響的水果杯！我必須贏下**頂級鼠廚超級廚王爭霸賽**，可是今天商店都不營業，而且……」

還沒等我說完，她就把手伸進我口袋，一把奪過了我的購物清單，還大聲喊道：「好啦，這事情包在我身上！一定讓你贏贏贏！！！托皮婭鼠姨向你保證證證！」

哎？？？

好啦！這事情包在我身上！

來吧，「史提頓超級薄餅」！

托皮婭鼠姨抓住我的，一邊將我拖進農莊，一邊大聲喊道：「快跟我來，帥氣的鼠小哥哥哥！」

她先帶我去了菜園，隨即「嗖」的一聲，已經抓起了一個藤籃。

小番茄……

羅勒……

接着，她又像一陣，從菜園的一端躍向另一端，先後往籃子裏放入了：熟得剛剛好的**小番茄**；芳香撲鼻的新鮮**羅勒葉**；一隻甜椒；一根翠玉瓜，還有很多很多的時令**新鮮水果**——全都是從果樹上直接摘下來的！

還有甜椒！

然後是新鮮水果！

有機農作物是指農民在種植農作的過程中不使用任何化學農產品。生態農業使用有機肥料和天然礦物作為肥料，並採用純天然的方法對抗害蟲，不會使用化學除草劑，減少對環境造成的污染。這就是有機農作物更美味也更健康的原因。

托皮婭鼠姨的農莊

1. 托皮婭鼠姨的木屋
2. 菜園
3. 果園
4. 葡萄園
5. 牛棚
6. 雞棚
7. 豬圈
8. 馴馬場
9. 打穀場
10. 牧場
11. 乳品房

接着，托皮婭鼠姨把我帶去了牛棚，還吩咐我去**擠奶**，從瑪格麗特——她最愛的那頭母牛身上擠出一大桶的**牛奶**來！

我⋯⋯呃⋯⋯這我可真不在行。而且，瑪格麗特一點兒也不配合，不停地亂動令她的牛奶濺到我的一隻**眼睛**，接着又故意踩我的腳爪，最後更乾脆狠狠踢了我一腳！

啊呀呀，啊呀呀！真是沒想到，原來農村生活是這樣艱苦！

拿開你的髒爪！

啊呀呀！

來吧，「史提頓　　超級薄餅」！

可更艱苦的差使還在後頭呢⋯⋯

托皮婭鼠姨又把我推進了雞棚，要我去拿些**雞蛋**。

「對我的小雞們溫柔一點，知道嗎？否則她們可是會**生氣**的！」她叮囑道。

天地良心，我真的已經很溫柔了，（我甚至還對牠們說了「麻煩你們」！）可是那些**母雞**還是照樣往我的腦袋瓜上亂啄一通！

接着，托皮婭鼠姨又把我**拉**進了她的儲藏室，給我秤了一公斤的麵粉，又遞給我一包天然酵母，一臉自豪地說：「好了，**帥氣的鼠小哥**！這些全都是地道又正宗的食材，托皮婭鼠姨向你保證，決不吹牛！它們的美味，你一嘗就知道！」

不知不覺中，我的藤籃已經被**塞滿**。托皮婭鼠姨把清單上的材料一一劃去，喃喃自語地說道：「這個有了⋯⋯這個有了⋯⋯這個也有了⋯⋯」

可是，她突然尖叫了起來：「啊！啊！這個沒有！居然缺少了最重要的東西！**莫澤雷勒水牛乳酪！**」

說完，她便拿起一個桶，還用一把長勺在桶上敲打起來，發出一陣可怕的聲響：

鐺！鐺！鐺！

「緊急呼叫莫澤雷勒水牛乳酪！」

鐺！鐺！鐺！

只見兩隻身穿白色襯衫的老鼠匆匆趕來，然後**帶領**我急步走着來到了農莊的乳品房，也就是……生產乳酪的地方！

總之，對於像我這樣的老鼠來說，那真是這世上**最美好**的地方了！

你們都知道，就和所有的老鼠一樣，我是有多麼喜愛乳酪呀！

我喜歡新鮮的乳酪、成熟的乳酪、陳年的乳酪、發臭的乳酪。總之……我為乳酪而癲狂！！！可最重要的是，我為莫澤雷勒乳酪而**癲狂**。現在，就在這個地方，就在我的眼前，兩隻老鼠居然正為我準備着一塊巨大的莫澤雷勒水牛乳酪！

吱咕吱咕吱咕！

快去吧！一定要贏啊！
為了我我我我！

總之，沒過多久，我就**離開**了農莊。
因為東西太多，一個藤籃已經完全放滿了！
我不得不把所有食材**放上**一個小推車。離開
前，我向托皮婭鼠姨表達了由衷的感謝：「謝
謝你！我真不知道該怎樣報答你！」

她親切地在我的右臉頰上印下一個**吻**，
隨後嘰嘰喳喳地說道：「哎喲，不用放在
心上，帥氣的鼠小哥，你只管好好比賽！等

來，親一個！

感謝你為我所做
的一切！

你獲勝的時候，就告訴所有鼠，是我，**托皮婭鼠姨**，為你提供了全部食材！」

　　我回答道：「謝謝！可是我並沒有把握贏得比賽……而且我也不知道現在回去，是不是還來得及……」

　　她湊到我耳邊，神秘兮兮地對我說道：「你就放心好了！你一定會贏的！知道為什麼嗎？因為製作美味佳餚的秘訣，全在食材的品質！快去吧！一定要贏啊！為了我我我！」

去吧！一定要贏啊！為了我我我！

救命啊啊啊啊！

說完，她便使出全力把我和手推車（已經和我連成了一體！）**猛推**了出去。

我就這樣沿着陡峭的下坡一路衝了出去！

我被嚇得魂飛魄散，大聲呼叫：

「救命啊啊啊啊！咕吱吱！！」

咕吱吱！

可誰知道，要不是我從這段**恐怖**陡峭的斜坡衝下來，我根本沒法趕上最後的決戰！

就在我一路向下衝的時候，手推車絆到了一顆石子。只見車子倏地撞

彈起來，在空中畫出一道完美的弧線，然後鑽進了一扇敞開的窗戶。剛剛正好，車子就在城堡的大廚房裏着陸；恰恰正好，就在指定給我的位置上；恰巧正正，就在大會主席宣布決戰開始的時候！

救命啊！

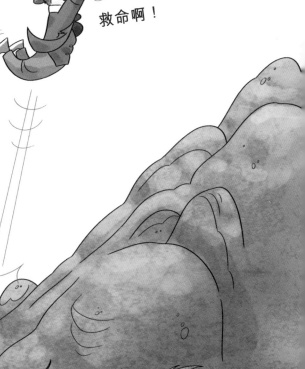

咕吱吱！只要再差那麼一點點，我就會趕不上了！

於是，我立刻開始了烹飪。

我使出了自己的全部本領。

我一定要贏，哪怕是付出任何的代價！

我一定要贏，不是為了出名，也不是為了上電視節目……我要贏，是因為我肩負着表弟賴皮的期望，以及史提頓家族的榮譽，還有托皮婭鼠姨！她是這樣慷慨熱心地幫助了我！

我決不能讓他們失望！

總之，我是真的全力以赴了。我做了一個讓鼠舔着鬍鬚都不肯放的「史提頓超級薄餅」，還有一杯讓口水直流到地上的不同凡響水果杯！

這就是我的菜譜。你也可以試試動手做出相同的美味喔！

史提頓超級薄餅的做法
謝利連摩出品！

材料：

250克高筋麵粉、5克天然酵母、兩塊莫澤雷勒水牛乳酪、三個番茄、羅勒葉數片、一隻甜椒、一根翠玉瓜、橄欖油、鹽、一些牛至香草

薄餅麵團做法：小朋友可以請大人幫忙一起做。

在一杯不超過40℃溫水中融化酵母；將麵粉倒在桌子上，鋪開，中間留一個洞，隨後倒入適量酵母水令麵團濕潤，加入3勺橄欖油和一撮鹽；揉搓麵團，直到麵團表面光澤富有彈性；將麵團搓成球狀、滾圓，放入大碗，發酵兩小時。

與此同時，將翠玉瓜去皮，切成細片；將甜椒去籽，切成條；在鍋中將蔬菜炒軟。

待麵團發酵後，用擀麵杖將麵團攤開在烤盤上；將壓碎的番茄蓉、切丁的莫澤雷勒水牛乳酪與牛至鋪在麵團上；將烤箱預熱至180℃，放入薄餅，烘烤20分鐘；薄餅出爐後，用甜椒、翠玉瓜和幾片羅勒葉裝飾。

什錦水果杯的做法

材料：

兩個蘋果、兩個梨、兩個桃子、兩根香蕉、若干草莓、葡萄、一個檸檬、糖

　　將水果洗淨，然後去皮、切丁。把水果放在碗內，將檸檬汁灑在水果上，如有需要，也可加入一勺糖。

香草忌廉的做法

材料：

4個蛋黃、100克糖、50克麵粉、500毫升牛奶、檸檬皮少許、1根香草莢

　　將香草莢放入牛奶中，煮沸，然後關火，讓香草莢在牛奶中融化10分鐘。

　　攪打蛋黃與糖，直到兩者融合，並變成蓬鬆柔軟的混合物；在混合物中加入麵粉、牛奶（此時已將香草莢取出）和檸檬皮，繼續攪拌；用中火加熱，並不斷攪拌；當忌廉開始沸滾後，將火調小，並繼續加熱3至4分鐘；待冷卻後，在每個水果杯上覆蓋一勺份量。

當輪到我把作品呈給評審團的時候，我的心怦怦亂跳得快要跳出來了！因為我十分焦慮，臉上的鬍鬚在**亂顫**個不停；因為緊張，我的膝蓋也完全發軟。

他們究竟會給我怎樣的評價呢？

一個接着一個，評委們進行了品嘗……

一個接着一個，他們微微閉上了雙眼……

一個接着一個，他們喃喃說道：「嗯……」

可誰也沒再說別的。

隨後，他們就開始了交頭接耳。

啊！我再也承受不住那樣的壓力啦！

最後，他們在一張紙上潦草地寫了些什麼，然後把它交到了大會主席手裏。只見主席一臉莊重地宣布道：「今年的獲勝者是……117號參賽廚師，也就是賴皮·史提頓，也就是他的替補參賽者，謝利連摩·史提頓！」

他停頓了一下，隨後補充道：「他的作品是**最簡單易做**的，卻也是**最美味**和**最健康**的，因為他的菜式所用的食材地道又正宗。讓我們向他表示祝賀！」

可他的這些話我一個字也沒聽見，因為……**我已經激動得暈了過去！**

直到瓜蒂耶洛·德·吃貨鼠把一大勺很

我要暈了……

冰涼的水澆在我的腦袋上，我才蘇醒了過來。只聽他低聲咕噥：「快醒醒！都快天黑啦！我們必須給你頒獎！」

就這樣，我頂着剛剛暈倒時腦袋上撞出的腫塊（幸虧藏在廚師帽裏）接過了那把著名的「金叉子」。

就在這時，正是在這時，我的表弟賴皮一蹦一跳地（爪子上還綁着石膏呢）來到了我面前。他彈了彈我的一隻耳朵，對我說：「你表現得真不錯，不過我才是超級廚王，所以呢……金叉子也應該由我來保管，明白了嗎？」

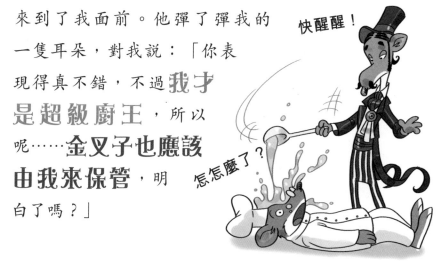

快醒醒！

怎怎麼了？

隨後，他便在評審團面前**自吹自擂**了起來：「我的助手很不錯，是吧？那可都是我教給他的，**不謙虛地說……**」

我很樂意把金叉子留給他。我參加比賽，本來就是為了讓他**高興**。

我才不在乎什麼獎勵呢……

對我來說，現在就剩下一件事需要完成，那就是……**報答**托皮婭鼠姨的恩情！

金叉子是我的！

於是，當開始錄製電視節目「**頂級鼠廚**」的時候，我便說道：「各位親愛的鼠民朋友，我要告訴你們一個秘密：我之所以能夠贏得超級廚王爭霸賽，**那全是托皮婭鼠姨的功**

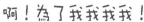
勞！她教會了我，要做出美味的食物，就必須使用健康、簡單和地道正宗的食材，正如她農莊裏的農作物一樣！」

就這樣，從那天起，在妙鼠城裏一下子掀起了一片健康田園美食風潮。

而只要電視上出現「史提頓兄弟」——現在大家都這麼叫我們啦，整座妙鼠城的觀眾就都會停下手頭上的事，駐足在電視機前，認真地做起筆記，學習新菜譜。當初誰能想到，這件事居然會發展成這樣呢？

人生處處是驚喜！

這可是史提頓說的啊！

謝利連摩·史提頓！

這可是史提頓說的啊！

妙鼠城

1. 工業區
2. 乳酪工廠
3. 機場
4. 電視廣播塔
5. 乳酪市場
6. 魚市場
7. 市政廳
8. 古堡
9. 妙鼠岬
10. 火車站
11. 商業中心
12. 戲院
13. 健身中心
14. 音樂廳
15. 唱歌石廣場
16. 劇場
17. 大酒店
18. 醫院
19. 植物公園
20. 跛腳跳蚤雜貨店
21. 停車場
22. 現代藝術博物館
23. 大學
24. 《老鼠日報》大樓
25. 《鼠民公報》大樓
26. 賴皮的家
27. 時裝區
28. 餐館
29. 環境保護中心
30. 海事處
31. 圓形競技場
32. 高爾夫球場
33. 游泳池
34. 網球場
35. 遊樂場
36. 謝利連摩的家
37. 古玩區
38. 書店
39. 船塢
40. 菲的家
41. 避風塘
42. 燈塔
43. 自由鼠像
44. 史奎克的辦公室
45. 有機農場
46. 坦克鼠爺爺的家

老鼠島

1. 大冰湖
2. 毛結冰山
3. 滑溜溜冰川
4. 鼠皮疙瘩山
5. 鼠基斯坦
6. 鼠坦尼亞
7. 吸血鬼山
8. 鐵板鼠火山
9. 硫磺湖
10. 貓止步關
11. 醉酒峯
12. 黑森林
13. 吸血鬼谷
14. 發冷山
15. 黑影關
16. 吝嗇鼠城堡
17. 自然保護公園
18. 拉斯鼠維加斯海岸
19. 化石森林
20. 小鼠湖
21. 中鼠湖
22. 大鼠湖
23. 諾比奧拉乳酪峯
24. 肯尼貓城堡
25. 巨杉山谷
26. 梵提娜乳酪泉
27. 硫磺沼澤
28. 間歇泉
29. 田鼠谷
30. 瘋鼠谷
31. 蚊子沼澤
32. 史卓奇諾乳酪城堡
33. 鼠哈拉沙漠
34. 喘氣駱駝綠洲
35. 第一山
36. 熱帶叢林
37. 蚊子谷
38. 鼠福港
39. 三鼠市
40. 臭味港
41. 壯鼠市
42. 老鼠塔
43. 妙鼠城
44. 海盜貓船

《鼠民公報》大樓

1. 正門
2. 印刷部（印刷圖書和報紙的地方）
3. 會計部
4. 編輯部（編輯、美術設計和繪圖人員工作的地方）
5. 謝利連摩・史提頓的辦公室

老鼠記者 Geronimo Stilton

1. 預言鼠的神秘手稿
2. 古堡鬼鼠
3. 神勇鼠智勝海盜貓
4. 我為鼠狂
5. 蒙娜麗鼠事件
6. 綠寶石眼之謎
7. 鼠膽神威
8. 猛鬼貓城堡
9. 地鐵幽靈貓
10. 喜瑪拉雅山雪怪
11. 奪面雙鼠
12. 乳酪金字塔的魔咒
13. 雪地狂野之旅
14. 奪寶奇鼠
15. 逢凶化吉的假期
16. 老鼠也瘋狂
17. 開心鼠歡樂假期
18. 吝嗇鼠城堡
19. 瘋鼠大挑戰
20. 黑暗鼠家族的秘密
21. 鬼島探寶
22. 失落的紅寶之火
23. 萬聖節狂嘩
24. 玩轉瘋鼠馬拉松
25. 好心鼠的快樂聖誕

26. 尋找失落的史提頓
27. 紳士鼠的野蠻表弟
28. 牛仔鼠勇闖西部
29. 足球鼠瘋狂冠軍盃
30. 狂鼠報業大戰
31. 單身鼠尋愛大冒險
32. 十億元六合鼠彩票
33. 環保鼠闖澳洲
34. 迷失的骨頭谷
35. 沙漠壯鼠訓練營
36. 怪味火山的秘密
37. 當害羞鼠遇上黑暗鼠
38. 小丑鼠搞鬼神秘公園
39. 滑雪鼠的非常聖誕
40. 甜蜜鼠至愛情人節
41. 歌唱鼠追蹤海盜車
42. 金牌鼠贏盡奧運會
43. 超級十鼠勇闖瘋鼠谷
44. 下水道巨鼠臭味奇聞
45. 文化鼠巧取空手道
46. 藍色鼠詭計打造黃金城
47. 陰險鼠的幽靈計劃
48. 英雄鼠揚威大瀑布
49. 生態鼠拯救大白鯨
50. 重返吝嗇鼠城堡

51. 無名木乃伊
52. 工作狂鼠聖誕大變身
53. 特工鼠零零K
54. 甜品鼠偷畫大追蹤
55. 湖水消失之謎
56. 超級鼠改造計劃
57. 特工鼠智勝魅影鼠
58. 成就非凡鼠家族
59. 運動鼠挑戰單車賽
60. 貓島秘密來信
61. 活力鼠智救「海之瞳」
62. 黑暗鼠恐怖事件簿
63. 黑暗鼠夜呼救
64. 海盜貓暗偷鼠神像
65. 探險鼠黑山尋寶
66. 水晶宮多拉的奧秘
67. 貓島電視劇風波
68. 三武士城堡的秘密
69. 文化鼠減肥計劃
70. 新聞鼠真假大戰
71. 海盜貓遠征尋寶記
72. 偵探鼠巧揭大騙局
73. 貓島冷笑話風波
74. 英雄鼠太空秘密行動
75. 旅行鼠聖誕大追蹤

76. 匪鼠貓怪大揭密
77. 貓島變金子「魔法」
78. 吝嗇鼠的城堡酒店
79. 探險鼠獨闖巴西
80. 度假鼠的旅行日記
81. 尋找「紅鷹」之旅
82. 乳酪珍寶失竊案
83. 謝利連摩流浪記
84. 竹林拯救隊
85. 超級廚王爭霸賽
86. 追擊網絡黑客
87. 足球隊不敗之謎
88. 英倫魔術事件簿
89. 蜜糖陷阱
90. 難忘的生日風波

與老鼠記者一起
歷奇探險走天下！

親愛的鼠迷朋友，
　　　　下次再見！

謝利連摩・史提頓

Geronimo Stilton